Lumière dans la tempête corse

Jean-François Bernardini

Lumière dans la tempête corse

1999
Mango Document

C'était au lendemain d'une nuit bleue en Corse. L'ombre nocturne avait été griffée de déflagrations. Un reportage télévisé nous conduisait sur les lieux du drame. Le journaliste y interpellait une femme résidant tout près d'un bâtiment détruit et calciné par une explosion.

– Qu'avez-vous observé ? lui demanda-t-il.

– Rien, disait la brave dame.

– Savez-vous ce qui s'est passé ?

– Non !

– Vous n'avez vraiment pas la moindre idée de ce qui est survenu cette nuit ? insista l'interviewer.

– Je ne sais pas… je ne peux pas vous dire… mieux vaut ne pas parler…

Et tout naturellement le journaliste renchérit sur la loi du silence qui prévaut dans l'île.

Dans cet extrait largement diffusé sur une chaîne nationale, ce qui est l'éloge de la vulnérabilité et de l'impuissance de tout un chacun, là où sévissent la violence, la peur et la menace implicites, devient sous l'œil de l'observateur l'éloge d'une complaisance, d'une complicité collectives largement responsables de notre situation. Comme si les regards extérieurs, posés sur les habitants de la Corse, suffisaient à transformer le drame qu'ils subissent en une conspiration dont chacun serait coupable.

Dans cette île où tout le monde saurait tout, sauf la police, le nom que l'on donne ainsi au silence est largement symptomatique d'une façon d'y regarder, d'y appréhender les choses.

C'est aussi face à ces blessures, face à ces malentendus-là, que s'impose plus fort aujourd'hui l'urgence de comprendre, cette humble et légitime exigence de lumière dont nous sommes tous comptables.

La Corse ne serait donc que le misérable et récurrent théâtre de l'autorité et de la désobéissance, d'incuries et de dysfonctionnements inhérents à diverses aversions locales, chroniques et endémiques, à la loi et à la citoyenneté, qu'aucun gouvernement n'aurait pu annihiler faute de fermeté, de continuité et de constance dans la tâche.

C'est en quelque sorte l'essentiel qui subsistera, en l'opinion publique, de la divulgation des divers « pots pourris et compilations » des turpitudes et privilèges d'une île qu'il suffit désormais d'accuser pour la condamner sans ambages, même si au titre de précaution oratoire nous est mentionnée que seule une petite minorité porte ici tort et atteinte à une immense majorité d'honnêtes gens.

Et c'est ainsi que chacun renchérit sur le chemin à suivre, à savoir la fin des passe-droits et arrangements divers, la fermeté nécessaire, le respect de la loi…

Qu'à cela ne tienne, d'autant qu'il y a en Corse – et ce fut sans doute là leur premier courage citoyen – des hommes et des femmes qui, depuis toujours, vivent et revendiquent la moralisation de la vie publique, une politique de transparence, avant que le sujet ne devienne en apparence largement consensuel, auréolé de quelques nuances cependant.

Car si les uns la réclament depuis trente ans, face à un mur d'indifférences, pour prouver des faits et pratiques tristement scandaleux, l'honnêteté oblige à dire que d'autres n'ont consenti à la souhaiter que pour rétablir enfin leur intégrité, dire leur indignation face à ces allégations mensongères, partisanes et sans fondement.

Les faits semblent avoir tranché. Mais à vrai dire, si l'on dilapide paraît-il beaucoup d'argent public en Corse, – comme on en dilapide dit-on avec les mêmes largesses à la Réunion, en Guadeloupe, en

Martinique, en Nouvelle Calédonie (curieux hasard), ou pourquoi pas en quelques collectivités d'ici ou d'ailleurs, ou que sais-je encore – le plus douloureux reste surtout que l'on y gâche beaucoup de talents, d'initiatives, de projets, que l'on y bafoue des attentes, des rêves et des enthousiasmes profondément légitimes et indispensables à tout homme en toute communauté.

Si les fonds publics autour desquels gravite toute la vie économique locale n'ont à l'évidence pas les effets escomptés, si en toute cohérence la politique menée depuis des décennies est unanimement couronnée d'échecs, force est de constater son efficacité dans un domaine au moins : la recette et le partenariat étaient électoralement bons, au point de faire de la Corse la plus conservatrice des régions de France, apparemment réfractaire à toute perspective progressiste, à toute éventualité de changement.

À l'évidence, si l'argent public a donc joué ici un rôle premier et prépondérant, c'est bien en devenant l'argument incontournable, capable de toutes les dissuasions, au centre d'une logique où des motivations subsidiaires l'ont malheureusement souvent emporté sur des considérations de justice, de développement, de citoyenneté, de démocratie, face à un peuple d'électeurs sans autre véritable alternative viable que celle de sa disponibilité à tous les négoces, d'une docilité sans égale, et apparemment doté d'une fidélité et d'une indulgence électorales à toute épreuve ; vivre la Corse de la seule et plus sûre manière dont il est possible de la vivre, contraint de quémander, accepter d'une politique d'assistance ce que lui refuse une politique de développement.

Ceux qui cherchent à décrypter l'énigme insulaire trouveraient peut-être au creux de cette impasse-là un peu de la boîte noire de la Corse.

Et c'est bien là, – au-delà de ce qu'aucun chiffre ne dira jamais – englouti dans une dépendance mortifère où l'emploi, les marchés, le droit et la faveur mêlés sont trop souvent liés au suffrage, c'est bien là, cerclé de tous les miradors de l'assistance qui régentent la vie locale et ne dysfonctionnent jamais, jusqu'à établir si nécessaire des «pointages électoraux» plus précis que tous les sondages de l'IFOP et de la SOFRES réunis, c'est bien dans ce contexte-là érigé en vraie menace pour le vote et les hommes libres, que majoritairement, l'homme corse débiteur, enfermé dans tout ce qui le neutralise, vote ce que sa situation lui permet de voter : la perpétuation d'un système auquel il ne peut que consentir, faute de ressources, de force, et sans doute de volonté suffisante à lui dire non, confronté à une logique qui en la matière fait autorité.

Là est la fraude première.

Car, au-delà des « irrégularités » qui épaississent le dossier des ruses éprouvées sévissant sur les listes électorales corses autour des scrutins, là est la fraude matrice qui, elle, sévit à chaque détour de nos vies, et fait que la Corse ne peut, en l'état actuel des choses, dire sa vérité, toute sa vérité, prendre la parole par les urnes. Elle peut seulement réitérer les consentements qu'elle nous répète depuis des décennies avec, il est vrai, de moins en moins de conviction en la matière.

Cette fraude-là ne se voit pas, ne s'entend pas, ne se dit pas, ne se sanctionne pas. Seuls la souffrent, la subissent, ou finissent même par s'en délecter suivant les goûts, ceux qui la vivent au quotidien.

Là est l'autre Loi, non pas celle qui nous suspecte complices et solidaires de tout et n'importe quoi au nom de compréhensibles peurs, impuissances et vulnérabilités.

Là est l'autre Loi : la vraie Loi du Silence, celle de nos élections voilées.

La loi du non-dit, de l'impossible à dire, celle qui subordonne la parole et le suffrage à une logique qui fait la pluie et le beau temps, susceptible de vous faire vivre ou vous laisser mourir, falsifiant par là-même, au titre d'une sorte de redevance électorale, ces voix que l'on donne à un système auquel on ne fait pourtant plus confiance.

La Loi du Silence respectée ici comme en toutes les terres pauvres que sont les terres assistées, de ce respect que forcent les lois de la nécessité, du quotidien.

C'est en cela que la Corse est gouvernée non par la loi d'une majorité d'idée, mais bien plus par une loi du nombre : le nombre de ceux qui se sont ajustés à un mauvais système, à une mauvaise route ; le nombre de ceux que la dépendance et la précarité rendent, malgré eux, dociles et consentants.

Comment dans cette île devient-on créateur, porteur de projet ou entrepreneur ?

Est-ce librement, est-ce autant qu'on le voudrait, autant qu'il le faudrait ? Ou n'est-ce pas bien plus difficilement, quand on choisit de ne pas négocier et cultiver les liens avec tous les rouages, les labyrinthes d'un système régenté et administré autour de la force de l'argent public, de ses serviteurs et de ses rentes ?

A-t-on jamais trouvé mieux, plus efficace et convaincant pour détourner les hommes de l'esprit d'initiative, d'entreprise, de responsabilité ?

Comment devient-on éleveur, agriculteur, producteur dans une île qui produit si peu, justement parce que toute politique menée l'a destinée à ne rien produire [1], et dont l'économie et le marché sont totalement investis par l'économie des autres et de l'ailleurs, du premier

1. *À titre d'exemple, la dite « Loi douanière de 1812 » a prévalu et pesé sur l'économie de l'île pendant plus d'un siècle. Elle détaxait tout produit importé en Corse depuis le continent français, et taxait en retour toute production à l'export depuis la Corse.*

litre de lait que l'on boit jusqu'au dernier cercueil de nos sépultures ?

À ce titre, force est de constater que nous sommes tous, les uns les autres confrontés à une réalité inéluctable qui ne peut que rabaisser la valeur, le niveau des hommes, politiques ou pas, celui de nos pratiques et comportements, comme elle rabaisse inévitablement la citoyenneté et la vie démocratique.

Parce qu'il n'y a pas de relation plus inégalitaire et perverse que celle de la dépendance.

Parce qu'il n'y a pas de force d'inertie et de conservatisme plus dissuasifs que ceux de l'assistance.

Parce qu'ici comme ailleurs, on n'est pas libre quand on est rien, dans une île où l'on distribue du social, de la perfusion, comme ailleurs on distribue des sacs de riz, en se réservant le droit de culpabiliser un jour les quémandeurs, les débiteurs, les « privilégiés de la République » quand se dessinent les impasses à l'heure des bilans.

Et c'est peut-être bien cette heure-là qui sonne aujourd'hui, au moment où, pour une certaine conception de la Corse, pourrait (qui sait ?) s'achever l'état de grâce.

Non, la Corse n'a pas inventé seule ces misères-là.

Non, la Corse n'est pas malade de son peuple : ces maladies-là ont leurs déterminants, leurs causes et leur histoire.

Oui, le bilan d'aujourd'hui est aussi le fruit des turpitudes d'hier.

Oui, la Corse vit dans une forme d'ambiguïté, mais il s'agit désormais de distinguer celle qu'elle subit de celle à laquelle elle consent par nécessité, sans éluder pour autant celle dont elle est directement responsable.

Pour l'heure en tout cas, la mémoire du pouvoir, elle, ne se souvient pas : elle absout.

Ils ne se souviennent pas de leurs misérables intransigeances face à ceux qui disaient – et disent encore – langue, identité, culture, et à qui l'on répondait : atteinte à l'Unité Nationale.

Ils ne se souviennent pas de ceux qui dénonçaient, et dénoncent encore, « les pratiques clientèlaires, assistancielles, l'argent public détourné de sa destination, les fraudes électorales », et à qui l'on rétorquait solennellement de bien vouloir respecter le suffrage universel et le verdict des urnes.

Il ne se souviennent pas de ceux qui pointaient du doigt la dépendance aliénante qui stérilise une terre et déresponsabilise les hommes, à qui l'on répondait souverainement et toujours très légalement que la Corse, pauvre et handicapée, n'avait d'autre alternative.

Ils ne se souviennent pas de ces lamentables tergiversations pour savoir si le patois local était langue ou pas [2], s'il avait une grammaire ou non, s'il fallait ou pas une université à la Corse [3], révélant par là-même un

2. *La première loi reconnaissant les langues régionales en France date de 1952. La dite « Loi Deixonne » consentait un timide début de reconnaissance à toutes les langues régionales de France, excepté le corse.*

3. *Après la fermeture irrémédiable de l'université de Corse, dès 1769, celle-ci ne sera réouverte que deux siècles plus tard, en 1981, au prix d'une forte pression populaire essentiellement conduite par les mouvements autonomistes et nationalistes, face aux farouches réticences de l'État et de la quasi totalité de la classe politique régionale.*

pacte obscurantiste avec l'ignorance et la non formation des hommes.

Ils ne se souviennent pas des interdits symptomatiques [4] prononcés à l'égard de la Corse qui chante, qui crée, dans une île où il n'y avait sans doute que cette menace, ce chat-là à fouetter.

Ils ne se souviennent pas combien cette île a longtemps et pacifiquement cherché soutien du côté de la loi pour n'y trouver souvent qu'hostilité face à

4. *Jusqu'en septembre 1984, certains concerts du groupe* I Muvrini, *entre autres, ont été interdits en Corse par arrêté municipal pour trouble à l'ordre public.*

des attentes justes, légitimes, et tellement admises sous d'autres cieux.

Que de retard et d'archaïsmes pour envisager sereinement l'avenir !

Si c'est peut-être en tout cela que s'est progressivement forgé le processus de sédimentation du mal vivre insulaire, avec ce qu'il a pu entraîner de révolte ou de résignation, de frustration ou de convulsions, là est aussi l'indécence.

L'indécence de l'oubli.

L'oubli comme une agression, une violence, un pied de nez à la paix du futur, justement parce que s'il est un premier pas à la paix, c'est bien celui de la reconnaissance d'erreurs historiques qui ont initié le scénario de nos échecs.

Là est le déni de la responsabilité.

Il n'y aurait donc pas ou si peu de lien de causalité entre les choix, les décisions, les politiques d'hier et les bilans d'aujourd'hui ?

Il n'y aurait donc pas, en Corse, de relation entre les lois et leurs conséquences ?

Là est l'autre corruption, à inscrire au registre de tout ce qui affaiblit l'âme de la démocratie, l'esprit et le fond de nos partenariats.

Non, le mal dont souffre l'île n'est pas endémique à la Corse mais tristement et logiquement mécanique, de ces maux face auxquels toute communauté du monde deviendrait inéluctablement aussi corse que la Corse, aussi corse que les Corses.

On ne construit pas des hommes libres, citoyens et responsables au cœur d'un système qui piétine la citoyenneté.

On ne bâtit pas une société de paix là où l'on banalise la langue, la culture, l'identité, la mémoire, là où l'on se satisfait d'une démocratie qui se résume au bulletin de vote et s'avère soluble dans quelques intérêts électoraux et raisons d'État.

Au lendemain de l'assassinat du préfet Claude Érignac, quarante mille Corses étaient dans la rue. Si, ce jour-là, un peuple entier a exprimé quelque chose au-delà d'une triste et douloureuse lassitude couronnée d'impuissance face à des morts d'hommes qu'elle additionne sans discrimination aucune, si la Corse profonde a exprimé quelque chose au-delà d'un signe à la justice et à la loi, d'autres ont fait mine de ne pas entendre combien le suffrage silencieux et exaspéré d'une île entière conspuait, aussi, « les ennemis complémentaires » qui se jouent d'elle depuis des décennies.

Oui, cette Corse-là a exprimé très fort que ce qu'il faut tuer chez nous, ce ne sont pas les hommes, qu'ils soient préfets, militants nationalistes, élus de la République, Maghrébins ou simples citoyens, qu'ils aient un uniforme ou qu'ils n'en aient pas, qu'ils soient dans l'erreur ou dans la faute.

Ce qu'il faut mitrailler ici, ce ne sont ni les bureaux de poste ni les perceptions. Ce qu'il faut refouler, ce n'est pas non plus une perspective responsable, citoyenne, émancipatrice et démocratique tout autant qu'un désir d'identité, de reconnaissance, d'appartenance, déterminé mais profondément tolérant.

Ce qu'il faut anéantir chez nous, c'est bien plus une logique à laquelle la Corse s'est ajustée et qui pour l'heure échappe à toute sanction, fonctionnant au conservatisme, à la sourde oreille, à l'inéquité, au paternalisme entre initiés avec, comme culpabilité première et récurrente, un certain refus d'entendre, un refus d'admettre et de comprendre.

Oui, si cette marche collective a exprimé quelque chose ce jour-là, c'est aussi la soif, l'immense soif d'une chance, d'une égalité de chances pour ses enfants : une chance, rien que sa chance, mais toute sa chance de dignité et d'avenir.

Là est sans doute le défi, celui de la paix, forcément, parce que préalablement soucieux de rendre justice aux hommes.

La récente affaire de la paillote est, d'un autre point de vue, assez explicite de ce traitement particulier infligé à la question corse. L'État n'aurait, en l'occurrence, pas donné l'ordre de brûler la paillote, mais il a fourni l'état d'esprit, les mots d'ordre et les ingrédients « de la radicalité et de la poigne ». Nul ne s'étonnera alors que l'ordre n'ait plus besoin d'être donné et qu'il puisse, de fait, devenir implicite.

Avec une rare éloquence, cet épisode témoigne bien d'un théâtre où l'on se moque du peuple, jusqu'à y expérimenter tous les scénarios, y compris celui du pire.

D'autres rétorqueront qu'il est particulièrement malvenu de comparer le meurtre d'un préfet et l'incendie d'une paillote. Ne les comparons pas. Additionnons-les dans un même scénario grave et conséquent.

Dans un premier cas, on est au bout du processus et l'on tue un homme. Dans l'autre, on l'initie, on prépare à tuer ou s'entre-tuer. C'est le comble du cynisme politique.

Les derniers rebondissements dans l'enquête sur la mort du préfet Érignac, quant à eux, m'incitent douloureusement à la pudeur, à la réserve. Quel gâchis de voir comment une question simple, mais jamais abordée comme telle, prend ici plus fort la tournure du drame et de la défaite humaine !

Ce qui me bouleverse l'âme, c'est la dignité de la famille Érignac. Ce qui m'attriste le cœur, c'est l'appel d'un père demandant à son fils de se livrer à la justice. Ce qui m'afflige, au-delà, ce sont les dizaines de familles de chez nous, brisées par le meurtre d'un père, d'un fils ou d'un frère, et qui désespèrent de l'aboutissement de la vérité

Au détour de ces cruelles considérations, c'est aussi à chacun qu'il appartient de peser combien une telle situation s'échafaude avant tout sur un drame humain. S'il faut compter dans l'île les attentats, les meurtres, les feux de paillote, il faudrait aussi comptabiliser les larmes versées, les vies cassées, les rêves brisés, les horizons bouchés, les impasses, les vies sans issue, les gâchis, les déchirures et les conflits de conscience.

Cela, oui, c'est une affaire d'État. Car c'est bien du destin d'une communauté d'hommes, de femmes et d'enfants qu'il s'agit en l'occurrence.

Pour sortir de cette situation, la Corse aura besoin d'hommes intègres et justes pour comprendre, trancher, faire admettre et toucher l'injustice entière sans piétiner la dignité de quiconque, afin que la compréhension, l'adhésion engagent tout un chacun, nous engagent les uns les autres sans autre objectif que celui du légitime, sans autre frontière que celle qui délimite le juste de l'injuste, le digne de l'indigne.

Pour autant, les Corses savent que l'on mérite d'autant moins de juger que l'on a largement contribué à la faillite.

Ils savent que l'exigence et la souveraineté premières d'une politique, résident dans sa capacité à se juger elle-même.

Ils savent combien l'État de droit est aussi, toujours et partout, la conséquence logique d'un État de justice, que la reconnaissance d'erreurs politiques, historiques, commises en toute légalité, ne nuirait pas, loin s'en faut, à l'ouverture d'une ère nouvelle.

Ils savent que l'égalité devant la loi commence aussi par l'égalité des chances face à l'avenir.

Ils savent que les plus sûrs moyens de reconduire le pire sont l'humiliation et l'injustice, mais plus encore la persistance à ne pas reconnaître et prendre sa propre part de l'injustice.

Ils pourraient par milliers vous parler de leur combat pour demeurer digne, libre et citoyen autant que l'on puisse l'être au cœur d'un système par lui-même délinquant.

Ils pourraient vous dire tout ce qui les résigne à accepter le peu, tout en renonçant à l'essentiel, à quémander une place dans leur société, au lieu d'y conquérir un rôle, leur rôle, tant la lutte est inégale.

Ils savent combien il est quelquefois difficile de traverser un paysage qui se détourne du mérite, de la compétence, du travail, pour ne reconnaître et voir aboutir que ceux qui, mieux que les autres, apprennent à nager en eaux troubles, au nom de tout ce qui fait qu'ici, un citoyen n'est pas égal à un autre citoyen.

Ils demeurent silencieusement et quelquefois honteusement convaincus que l'assistanat, en lieu et place du développement, les appauvrit d'eux-mêmes, de leur désir, leur capacité, leur force à se construire.

Ils savent combien tout cela n'est pas sans incidence sur la façon dont on vote, dont on conserve, dont on conquiert le pouvoir chez nous, jusqu'à ce dénigrement qui affaiblit tout ce qu'il y a de force dans la démocratie, finissant par faire de la Corse une île qui n'aurait qu'une représentation dénuée d'autorité politique et amputée de la respectabilité qui lui est due. Une sorte de pouvoir sans pouvoirs.

Pour autant, si le monde leur enseigne chaque jour que la violence émerge là où tardent la justice et le développement, ils ne pensent pas que faire la guerre à la violence puisse jamais, comme par enchantement, se résumer à la dénoncer, la diaboliser, la réprimer.

Alors ils veulent plus fort que jamais construire, afin que leurs enfants n'aient pas besoin de la violence pour dire qui ils sont et ce en quoi ils veulent dignement participer au monde, afin que les hommes, politiques ou pas, n'aient pas besoin de protection rapprochée pour vivre en paix et en sécurité sur leur terre.

Ils voudraient dire plus fort encore que la justice est bien plus que la légalité.

Ils voudraient dire plus haut que, pour qu'elle passe, point n'est besoin de la mettre en scène.

Mais ils doutent un peu plus, quand pour seule ligne d'horizon on affiche « la poigne », là où défendre le droit, c'est aussi prendre soin et se garder du mal que l'on peut quelquefois faire en son nom. Au nom de la loi.

Ils savent lire entre les lignes quand ça et là, entre les avocats « débiles ou étrangers »[5] et les jour-

5. *Commentaires du ministre de l'Intérieur sur :*
– le discours prononcé par le bâtonnier Sollacaro lors de la rentrée solennelle du barreau d'Ajaccio en janvier 1999.
– le rapport accusateur de la Fédération internationale de la Ligue des Droits de l'Homme, relatif à certaines pratiques policières dans l'île.

nalistes « irrespectueux » [6], les « repêchés électoraux » [7] sont, eux, assimilés à de mauvais perdants, alors que pour une fois au moins nous devrions les uns les autres les louer d'avoir mis en lumière quelques-unes des bassesses qui trahissent un peu de ce qui piétine une cause, elle aussi sacrée : celle de la démocratie, celle du suffrage universel.

6. *Propos du ministre de l'Intérieur commentant sévèrement un reportage de FR3, relatant la maltraitance à l'égard de personnes âgées lors de perquisitions au domicile d'un nationaliste corse.*

7. *Qualificatif avancé par le préfet Bonnet à l'adresse de la liste d'Edmond Siméoni, qui venait d'obtenir gain de cause devant le Conseil d'Etat dans l'annulation des élections territoriales de 1998 pour « irrégularités électorales ».*

Ils prennent tristement acte qu'en la matière les consciences coupables n'auront pas besoin d'alibi, puisqu'il n'y aurait donc pas culpabilité mais simplement « irrégularité » à frauder aux élections en Corse.

S'ils ont alors le sentiment de vivre dans une société retardée, ils souhaitent ardemment que cesse la méprise qui évalue les égards de la République et la politique menée à l'aune de l'argent dépensé, là où il serait tellement plus juste de la mesurer aux résultats qu'elle obtient, aux bilans qu'elle affiche.

Ils mesurent plus fort que jamais l'exaspération de dizaines de familles meurtries par la perte d'un enfant, d'un frère ou d'un mari, auxquelles il serait tout aussi juste, nécessaire et urgent de dire que la recherche de la vérité est, dans leur cas aussi, « une cause sacrée ».

S'ils sont usés, las de la violence, des nuits bleues et des nuits blanches, ils sont plus que jamais persuadés que celle-ci n'invalide en rien un certain nombre de questions récurrentes, engluées dans l'immobilisme et cependant tellement défendables, infalsifiables, là où elles sont simplement dignes et humaines, inscrites au fronton de toutes les consciences dans toutes les communautés du monde. Pas un peuple au monde ne renonce sans blessure à sa langue, son identité.

Au cœur de cet humble témoignage, mon parcours de créateur n'a, il est vrai, rien de bien différent au regard des réalités que la Corse nous donne à vivre chaque jour. Le long de notre chemin vers la reconnaissance artistique, nous avons successivement rencontré l'inertie, le mépris, l'indifférence, la bêtise, les interdits, des signes d'espoir, la loi pour soutenir les interdits radicaux, les forces de l'ordre pour appliquer la loi, la condescendance, l'hostilité des diffuseurs, mais aussi la reconnaissance du public, la générosité d'hommes et de femmes méritants et précieux, professionnels ou anonymes, artistes, journalistes, chefs d'entreprise ou simples citoyens, dans l'île ou sur le continent...

Nous avons, comme d'autres, emprunté tous ces détours où l'on apprend combien difficiles sont les chemins quand on choisit délibérément de se passer de tout : des collectivités et de l'État, des subventions et des budgets, des programmations, de la politique culturelle et des structures.

Et cela, pour faire partie de ceux qui ne demandent rien, sinon la liberté de ne pas utiliser un système dont ils pensent, à tort ou à raison peut-être, qu'il n'était et n'est toujours pas insoupçonnable, apparemment occupé à d'autres centres d'intérêt que ceux de l'émancipation d'une culture vivante.

Aujourd'hui je ne ferai pas le catalogue de tout ce qui nous a manqué, de tout ce qui aurait pu anéantir nos élans, nos forces, nos espérances. Je ne ferai pas l'inventaire de tout ce qui manque encore. Je ne ferai pas non plus la compilation de ce que nous avons enduré pour combler ces vides, ces carences, ces manques, pour avancer malgré ces agressions-là.

Non. Tout cela est visible à qui ouvre dignement les yeux et, à ce titre, rejoint le chemin de la Corse vive, associative, citoyenne et travailleuse, qui s'épuise à le tracer jusqu'à s'y perdre, – s'y réaliser tellement rarement –, en cohérence avec ce que l'engagement de l'homme signifie avant toute chose : le sens de l'acte et du projet, la mise à l'épreuve de soi.

Je retiens simplement que dans nos désirs de témoigner, en accord avec nos libres consciences, avec le seul argument des mots et des chansons, emprunter ce chemin-là, prendre cette parole-là, c'était prendre un risque professionnel grave : le risque d'en mourir, ne pas s'en sortir ; le risque de vouloir vivre et participer à la Corse autrement que politiquement prévu, autrement que de façon politiquement correcte. Ce risque-là, nous l'avons pris, aux côtés de tant d'autres.

Nous l'avons pris et nous y avons survécu. D'autres malheureusement pas. Et là, nous avons pris acte d'une autre violence, celle qui ne dit pas son nom, se jouant allègrement de la Corse et du désir des hommes de s'y construire, d'aller au bout de quelques-uns de leurs rêves.

Mais il est dit que les rêves, comme les espérances que l'on blesse, ne défilent pas toujours dans la rue : ils défilent moins encore quand il s'agit des rêves de l'être, du devenir, de ce qui devrait advenir et n'advient pas, jusqu'à s'en aller sans doute s'éteindre quelque part, nous appauvrissant de l'essentiel, au cœur de tout ce qui finit par manquer à l'homme sans même qu'il ait plus conscience du manque.

Pour l'heure, la Corse vient de vivre une autre et nouvelle joute électorale où nombre de prétendants ont choisi de ne pas changer «une équipe qui gagne», ignorant par là-même l'indigence du propos. Effectivement, la victoire fut au bout, d'autant qu'elle s'est inscrite auprès d'autres multiples victoires au sujet desquelles des bilans têtus démontrent à l'évidence qu'elles ne suffisent obstinément pas à faire gagner la Corse.

La conjoncture aurait imposé plus que jamais que soit saisie cette opportunité pour évaluer les bilans et dresser des perspectives à la hauteur de la crise, dans l'indispensable débat et la confrontation des hommes et des idées. Mais une fois encore la Corse eut, au mieux, droit à une lancinante juxtaposition de déclarations et communiqués truffés de certitudes et de louables intentions, désormais ponctuées de fervents «Vive la Corse» qui émeuvent bien moins qu'on ne saurait l'imaginer, tant ils pourraient sonner creux au cœur de ceux qui préfèrent se dire tout bas : « Vive la Corse qui crée, qui produit, qui innove, qui se responsabilise et entreprend ».

La victoire électorale fut au bout disais-je, avant que tout ne rentre dans l'ordre, dans un système qui est au moins parfait sur un point, c'est qu'il fonctionne : les votants ont voté ; les opposants se sont opposés ; les participants ont participé. Par la suite, les crédits seront discutés, les plans d'aménagement et de relance démocratiquement mis en œuvre en quelques alcôves, des injections de fonds publiques se succéderont, et pourtant, force est de constater que derrière les routes, les expérimentations modèles, les musées, les écoles pilotes, les plans, il est à craindre que la Corse ne se cherche encore et l'homme s'y lézarde toujours un peu plus.

Et pourtant il y a probablement une solution au problème posé ; une solution bénéfique pour tous et dont chacun ferait partie ; une solution dont les issues sont peut-être d'abord humaines et éthiques, avant d'être techniques ou institutionnelles.

Les Corses savent trop que ce sont aussi les routes qui font les hommes.

Ils savent que ce qui leur manque et manque à leur île, ce qui faillit à leur destin, ce qui s'inscrit en impérieuse exigence aujourd'hui, ce sont bien des actes de sincérité, une lucidité responsable vis-à-vis de tout ce qui berne, empoisonne et défigure cette île et son peuple, dans ce qui leur a été volé de paix, de chances, de vie. Ce en quoi on a trompé les hommes avant qu'ils ne se trompent à leur tour. Ce en quoi on a menti aux hommes avant qu'ils ne mentent à leur tour.

À ce titre, si on dit de la Corse qu'elle se tait, impuissante à demander des comptes à quiconque, comme en ces moments où l'on ne peut plus ni mentir, ni dire la vérité, ce que l'on entend de ses responsables et autorités diverses relève davantage de la culpabilisation de l'autre et de l'indignation que de la démonstration, dans un art subtil où chacun balaie devant sa porte. Une préférence pour le calme plat de la dissimulation et de la fuite, plutôt que pour la tempête de la vérité.

Une solution humaine et éthique, disais-je, où l'homme saurait se hisser au-dessus de ses erreurs, ses calculs et ses turpitudes.

Si la violence doit prendre sa part, est-il raisonnable et suffisant de s'y dissimuler comme en un commode refuge et de lui imputer l'intégralité du prix de toutes les erreurs qui échafaudent notre histoire récente ?

Si les discours de lucidité politique et de « repentance » émergent dans d'autres situations tragiques de par le monde, est-il donc définitivement impensable de les imaginer un jour au sujet de la Corse ? Le début de l'État de droit n'est-il pas là ?

N'est-ce pas cela qui grandirait les hommes, les politiques, et réhabiliterait par là-même la force de construire ?

Sommes-nous bien sûrs que l'avenir à bâtir ne commencerait pas par là ?

N'est-ce pas dans cette incapacité-là, ces manques-là, que l'homme, politique ou pas, se diminue et diminue les chances de guérison ?

Quelles peuvent être les pistes d'avenir « pour un partenariat » qui n'ose s'interroger sur l'origine, la source profondes de ces troubles et de ces impuissances ?

Si nous semblons être prêts à faire l'inventaire des conséquences qu'affiche la réalité corse, quand serons-nous donc prêts à établir l'inventaire des causes, de toutes les causes, qui pourraient elles aussi nous instruire sur les bilans actuels ?

Sommes-nous bien certains d'avoir tout fait pour essayer de

déchiffrer et comprendre comment une problématique somme toute simple a pu ainsi se transformer en drame ?

Sommes-nous bien convaincus que les milliers d'hommes et de femmes socialement soutenus et autres allocataires [8], légitimes ou pas, qui vivent précairement en Corse, sont bien les premiers à tirer rente, privilège et parti de la situation actuelle ?

8. *En Corse, 35 000 personnes, sur 250 000 habitants, sont considérés comme vivant en situation précaire.*

Ne seraient-ils pas les toutes premières victimes, à qui l'on a empêché ou volé l'essentiel ?

Le drame n'est-il pas, surtout, que nous ayons collectivement et vitalement besoin de cette manne-là ?

Sommes-nous tous prêts à soutenir que jamais ici aucun citoyen n'a eu à échanger ou risquer son suffrage et ceux des siens contre un emploi pour son fils, un marché pour son entreprise... ?

Qui peut soutenir en conscience

que personne ici n'a jamais risqué, joué son destin personnel au prix de son suffrage ? Au profit de quelle destinée, de quel pouvoir ?

Pourrions-nous pour une fois admettre que la première victime de la situation corse est bien l'homme qui entreprend ou veut entreprendre, contraint à trop souvent se résigner et n'entreprendre plus, à rebrousser chemin pour s'ajuster au paysage ?

Qui pourrait soutenir que la politique menée en Corse ne serait pas partie prenante des convulsions qui sont les nôtres et qu'il est tellement facile de réduire à « vingt-cinq ans de dérive » à verser au chapitre « Histoire de la Corse » ?

Qui pourrait décemment nous expliquer ce que la République aurait à craindre d'un enseignement efficace de notre langue, obligatoire ou non ?

Qui peut décemment s'étonner que prolifèrent chez nous les solutions de ruse et les comportements individualisés propres à toutes les contrées où n'arrive pas le développement ?

Si le citoyen corse n'existe pas, est-il si juste de supputer que la citoyenneté ne serait pas faite pour les Corses ? N'est-il pas plus responsable de s'interroger sur ce qui a pu la tuer ou l'empêcher de naître, l'empêcher de vivre ?

Où pourra-t-il être dit que la question corse n'est ni ethnique, ni raciste, ni xénophobe, et moins encore anti-française ?

Où pourra-t-on dire qu'il s'agit bien moins d'une contestation de la France que du refus obstiné d'un système, d'une attitude de la France ?

Où pourra-t-on considérer que le mal corse est plutôt symptomatique d'un mal français inscrit en toute logique républicaine, dans une sorte d'incapacité à gérer autrement les différences et les particularismes qui en font la richesse ?

Au nom de quel impératif constitutionnel, au nom de quel Universel [9] peut-on justifier d'infliger à la langue des autres un traitement que l'on refuserait d'admettre pour la sienne ?

9. *Si la non-ratification par la France de la Charte des langues régionales est, en tous points, révélatrice d'une conception anachronique de démocratie linguistique et culturelle spécifique à la France, alimentée par quelques vieux fantasmes, elle demeure, par ailleurs, profondément cohérente avec toutes les politiques menées à ce jour à l'égard des mêmes langues régionales en France.*

Quand pourra-t-on convenir ensemble qu'il y a davantage de danger à refouler ces particularismes qu'à les accueillir, les additionner pour les accompagner vers une réelle reconnaissance ?

Quand pourra-t-on convenir que ce qui porte atteinte à l'unité nationale, à l'indivisibilité de la République, c'est bien moins le fait que ces particularismes aspirent à une reconnaissance que cette impuissance chronique à leur en donner le cadre et les moyens autres que virtuels ?

Si certaines de ces questions et considérations devaient nourrir et conforter l'exigence d'un dialogue et d'une mutuelle compréhension, si ce débat-là semble obstinément inenvisageable aux yeux de ceux qui, dans le cadre des institutions habituelles, improvisent le langage de la rupture et du rejet, pourquoi ne serait-il pas possible ailleurs, dans les conditions indispensables de neutralité, de sérénité, d'écoute et de confiance, auprès d'instances comme l'Unesco par exemple ?

Que nous l'appelions alors région,

province, nation, ou département, c'est bien en cela que la Corse souffre d'un mal que toutes les consultations ne sauraient guérir, si elles se limitaient à répertorier les « contaminés » dont on jette les noms en pâture, là où il faudrait, avec au moins la même vigueur, porter attention à une maladie qui touche le corps entier et dont il est peut-être confortable d'ignorer le nom, la nature, la provenance, les germes contaminants.

La maladie corse ne se nomme pas. Comment envisager alors d'en guérir ?

Au titre de ces interrogations nécessaires, si nul ne niera qu'il y ait en Corse culpabilité et responsabilité, n'omettons jamais de considérer que ce sont bien des milliers d'hommes et de femmes qui payent ici le prix de la précarité et de l'échec, le prix de n'être pas ce qu'ils pourraient être, bien que ne sachant, ne pouvant quelquefois le dire et le crier par eux-mêmes.

Au nom de ceux-là, au nom de tous, reste et demeure l'exigence d'une solution. Une solution d'abord humaine et éthique, qui passe par un devoir de conscience aussi nécessaire que l'examen des dossiers. Un acte autocritique fort par lequel les politiques menées oseraient s'interroger sur la situation corse comme jamais elles n'ont osé le faire.

A-t-on tracé la bonne route ?

A-t-on imaginé le meilleur itinéraire ?

Si l'indispensable « sursaut » a un prix, c'est peut-être bien celui-là, celui qui, sans vainqueur ni vaincu, pourrait se détourner d'une attitude accusatrice au profit d'une attitude libératrice.

Un devoir de conscience, salutaire comme un regard sur ces fautes qui nous poursuivent, non comme un regard en arrière, non comme un regard de revanche. Simplement comme un regard en avant, l'envie collective de ne pas oublier le grain qui attend, l'honnêteté de l'évaluation, le courage de se retourner en chemin, faute de quoi se prolongera un système qui saura montrer son aptitude au recyclage, se draper comme par enchantement d'un fonctionnement transparent, juste, démocrate, citoyen, ne fût-ce que le temps du passage à la douane.

Est-ce trop nous demander ?

Est-ce trop demander à la démocratie ?

Au nom d'une solution, d'une perspective bénéfique pour tous, serions-nous encore capables de dire que les hommes et les femmes d'ici et d'ailleurs n'ont pas perdu, en conscience, le sens de ce qui est droit et de ce qui ne l'est pas, le sens de ce qui est digne, juste, humain et de ce qui ne l'est plus ?

Au nom de l'avenir qui exige et mérite un devoir de Paix …

Bastia, juin 1999.

I Muvrini

Discographie

Leia, 1998

I Muvrini (CD 4 titres), 1997

I Muvrini à Bercy (Live), 1996

Curagiu, 1995

I Muvrini au Zénith (Live), 1993

Noi, 1993

A Voce Rivolta, 1991

In Core, 1990

QuoRum, 1989

Pè l'Amore di Tè, 1988

À l'encre rouge, 1987

I Muvrini 85, 1985

Lacrime, 1985

È Campà Qui, 1984

Aiò, 1981

Campemuci, 1980

Anu Da Vulta, 1980

Ti Ringrazianu, 1979

Bibliographie

I Muvrini dans le texte,
Éditions Autres temps, 1998

Retrouvez I Muvrini sur Internet

www.sitec.fr/imuvrini

imuvrini@sitec.fr

Impression réalisée sur CAMERON
par BRODARD & TAUPIN
La Flèche
en juin 1999

Imprimé en France
N° d'impression : 6011W
Dépôt légal : juillet 1999